Federico Moss

RACCONTI IMPERFETTI

Titolo | Racconti imperfetti
Autore | Federico Moccia
ISBN | 979-12-21433-44-9

Youcanprint
Via Marco Biagi 6 - 73100 Lecce
www.youcanprint.it
info@youcanprint.it

Indice

Prefazione

"Ciao, sono la tua bilancia!"
"Oddio tu parli?" Disse Angela.
"Solo a chi ne ha bisogno", rispose lei.
"Sai perché non dimagrisci? Perché non ti vuoi bene! E perché non ti vogliono bene persino le tue colleghe al lavoro."
"Ma cosa c'entrano loro?" Rispose la donna.
"Licenziati, è quello che devi fare, lascia, lascia!"

Sfaccettati sono i racconti di questa raccolta in cui il posto di oggetto e soggetto della narrazione viene conferito alle vicissitudini più disparate. E per quanto ogni narrazione sia a sé stante, riusciamo a intravedere il flusso atemporale in cui si inseriscono, quasi come se ognuna fosse il brandello di una storia più grande.

Al suo interno si situano diversi protagonisti. A ognuno di essi è attribuito un piccolo spazio, che basta per dipingerlo con estrema perizia. Infatti, anche se le loro origini e caratteristiche non sono precisate con dovizia di particolari, li incontriamo in modo esplosivo, quasi come se di loro avessimo sentito già parlare da tempo. In questo vediamo proprio la maturità di una scrittura che tratteggiando dei personaggi fittizi riesce a parlare in realtà di noi, di quei sentimenti umani che appartengono a tutte le persone.

Le vicende narrate sono brevi, e tra una storia e l'altra percepiamo una cerniera che però non è mai chiusa del tutto. Genera in noi attesa, speranza, conducendoci in un pellegrinaggio della riflessione in cui ci immergiamo per dare risposta ai quesiti più disparati.

Anna si portò la mano alla bocca e fu presa da una sensazione di sgomento; era combattuta tra il prenderla o lasciarla scorrere via, un po' come le occasioni della vita.

Le scelte tematiche e narrative di *Racconti imperfetti* sono sempre meditate, perché l'autore riesce a registrare ciò che accade conferendo alla parola scritta una potenza molto rara e di grande impatto.

Con grande originalità riusciamo a spaziare nei meandri del mondo, a constatare i prodigi di situazioni che a volte non hanno niente di eccezionale, a vedere in che modo l'arte sia sempre un appiglio per l'uomo.

Di storia in storia, ci muoviamo con passo leggiadro: osserviamo la vita di un politico, ci troviamo di fronte scene raccapriccianti, prendiamo un aereo per assaporare tutto il gusto del Giappone.

Per fare una Katana viene impiegato il ferro Tamahagane, e poi si batte per tante ore. Fare una spada era per Aikashi come far l'amore con una donna sempre diversa, era come se diventasse tutt'uno con lei.

A nutrire questa raccolta è sicuramente una grande visionarietà, quella di un autore che usa la scrittura per comprendere gli esseri umani e darcene un ritratto completo e scevro da ogni giudizio. L'occhio che li scruta è a tratti puro e a tratti violento, perché nel suo ritmo il narrare si nutre di forze di varia natura e di un dovere, quello dello scrittore, di restituirci una riproduzione quanto più fedele della realtà.

Le varie storie qui sono come scintille, perché ognuna riesce a brillare con forza e a unirsi alle altre in un significato che diventa totalizzante. Al di là dello stile, della musicalità delle parole, delle immagini che si impongono su di noi, ciò che più ci sorprende di cui questi racconti, così sapientemente scritti, è la loro capacità di rimanere impuri, imperfetti proprio come la vita.

Toumaro e koi

"Taiyò wa anata no naka ni aru" (il sole è in me). La scritta faceva bella vista sul muro della camerina di Toumaro, ragazzo giapponese di 14 anni. Kyoto è una città tra le più grandi del paese. Era estate e in Giappone le vacanze scolastiche durano circa 6 settimane fra luglio e agosto e Toumaro, figlio unico di una famiglia della media borghesia, le passava sull'isola di Hokkaido, l'isola cosiddetta delle perle, dal nonno Momura. Suo padre, di nome Aikashi, era un produttore di spade Katana, le famose spade giapponesi che usano i samurai nei loro combattimenti.

Aikashi passava ore e ore a produrre e rifinire la lama di ogni spada prodotta. In Giappone un fabbro impiega 5 anni a imparare a farle. Aikashi guardava la sua Katana dall'alto verso il basso muovendo il braccio da destra a sinistra. Per fare una Katana viene impiegato il ferro Tamahagane, battendolo per tante ore. Fare una spada era per Aikashi come far l'amore con una donna sempre diversa, era come se diventasse tutt'uno con lei. Poi, contento di stare nel suo Hidoko (il luogo dove si maneggia il fuoco) continuava a usare il suo bastone di fuoco (Hibashi). E giù, ancora a forgiare un altro pezzo in completa solitudine. La porta di legno cigolò appena e Toumaro si affacciò: "Padre! Padre! Vorrei poter col suo permesso andare dal nonno!"

"E vai, vai!", Disse Aikashi in maniera sprezzante, "io ti vorrei con me, ma a te delle mie spade non interessa niente!" Esclamò.

Toumaro abbassò gli occhi, accostò la porta e partì per andare da nonno Momura, che abitava in una palazzina vicina al porto di Hakodate, terza città più grande dell'isola di Hokkaido dopo Sapporo e Asahikawa. I ciliegi non erano più in fiore e Toumaro camminava lungo i vialetti circondato da imponenti piante di bambù. Il ragazzo aveva portato con sé una canna da pesca e dei vermi, e mentre camminava vide una pozza d'acqua. Incuriosito si grattò la testa e si avvicinò per scrutare. Dentro c'era una carpa koi solitaria, bellissima, rossa e a chiazze bianche che girava avanti e indietro. Toumaro la osservò con candore, poi ripartì per la sua destinazione. Alla vista del nipote, Momura fu colmo di gioia e lo riempì di abbracci e baci. A Toumaro piaceva ascoltare le sue storie di guerra e delle cose che furono.

Tutto scorreva, i giorni, le settimane e Toumaro era invaso sempre di più da una profonda malinconia. I rapporti con suo padre erano sempre più freddi. Quella mattina andò a pescare, ma all'inizio non prese nulla. Mentre stava tornando dal nonno si ricordò di quel bozzo d'acqua e arrivato lì disse: "Voglio provare a pescare quella carpa!".

Così prese la canna, mise l'esca e via, la carpa koi che non sembrava interessata iniziò a girare intorno al galleggiante e abboccò. "Ah maledetta! ti ho presa!". La canna si alzò in cielo e la carpa fuoriuscì agitandosi, Toumaro prese un panno, lo avvolse intorno al pesce e iniziò a slamarlo, ma mentre procedeva i suoi occhi incontrarono quelli della carpa che lo guardava fisso, e più si guardavano, più Toumaro sentì strane sensazioni invaderlo…. "Che strano, mi sento come se conoscessi questo pesce…..", lo prese e lo ributtò nella pozza.

L'indomani Toumaro tornò per un giorno a Kyoto, città frenetica che a lui non piaceva, e andò a trovare sua madre Makoto. La trovò completamente ubriaca e distesa sul divano, sul pavimento 5 bottiglie di sakè. "Vieni figlio mio, vieni che ci facciamo un bicchierino!", e bevve pure quello.

"Mamma devi smettere, cosi ti stai rovinando!" Rispose il ragazzo.

"La vita è già una rovina figlio mio, hai trovato una ragazzina?" Disse la donna.

"Mamma io sto male! Tu e tuo marito non mi volete bene, mamma io sono triste!"

Sua madre si lasciò andare in una risata sguaiata fuori luogo, lo guardò, incurante della sua frase, afferrò con la mano destra il bicchiere mezzo pieno e se lo portò alla bocca, poi si accese l'ennesima sigaretta e iniziò a urlare: "Vattene! Vattene!"

Toumaro mandò giù quell'ennesima delusione e s'incamminò verso la metropolitana, facce tutte uguali, facce assenti che guardavano fuori il paesaggio, un paesaggio che non emozionava e sembrava sempre uguale, alberi, panchine, ragazze con la minigonna che passeggiavano sorseggiando una Coca Cola e la voce metallica che reclamava ogni volta la fermata. Toumaro sentiva il peso di questa vita.

La mattina dopo fu svegliato da una telefonata. Era la vicina di casa di suo nonno.

"Toumaro, sii forte, tuo nonno è morto."

Toumaro sprofondò così in una profonda depressione.

Ai funerali furono presenti solo lui e il prete perché il padre doveva lavorare su importanti commesse di lavoro. Finita la cerimonia, il ragazzo strinse forti i pugni e iniziò a correre, a correre più forte che poteva e stranamente perse il senso dell'orientamento e si ritrovò alla pozza d'acqua dov'era la carpa koi. La guardò e cercò di prenderla con le mani. La carpa non sembrava intimorita, andò verso di lui e si fece prendere, Toumaro la guardò e le disse:

"Carpa io sono infelice, fammi diventare come te, voglio scappare da questa vita che non mi appartiene."

Il pesce lo ascoltò e dallo sguardo fece come per dire sì, ho capito, e in men che non si dica Toumaro divenne una splendida carpa koi bianca e iniziò cosi il suo battesimo acquatico. Il padre Aikashi, non vendendo tornare il ragazzo, iniziò a preoccuparsi e chiamò la polizia. La notizia arrivò al telegiornale e fu mobilitato anche l'esercito, ma di Toumaro neanche l'ombra. Il prete confermò che il ragazzo era venuto al funerale.

Aikashi cercava dappertutto e girò tutta Hokkaido e Kyoto ma di suo figlio nessuna traccia, Toumaro se n'era andato e lui non aveva compreso il suo dolore. Nella sua bottega guardò a lungo le sue spade e le maledì per sempre. Da quel giorno trascorse tutta la vita a cercare suo figlio e chissà quante volte è passato da quello stagno dove due carpe koi scorrazzano felicemente e in assoluta libertà.

Il politico

L'onorevole Mastelloni era un uomo sulla sessantina, capelli brizzolati e tanta brillantina, parlava in politichese stretto e aveva un tic nervoso al labbro ogni tanto.

Erano le 10 e con la sua mano destra ticchettava nervosamente la sua BIC blu sul tavolo. Gli esponenti del partito arrivarono scaglionati uno dietro l'altro.

Il ministro Bucalossi , il sottosegretario Lanfani e la ministra Bergandier:

"Allora signori, vi ho convocati per parlare dei prossimi provvedimenti del governo. Ah, siccome come l'altra volta la multinazionale Vx ci aiuta nel progetto Italia Innova, chiedo: vi piace il titolo del programma? Italia in corsa."

Tutti annuirono con la testa. E lui tirò fuori il suo sorriso da tricheco.

"Per questo progetto ci sono i finanziamenti? Chi paga oltre a quell'azienda?" Chiese Bucalossi. "I finanziamenti poi, vanno alle solite associazioni mafiosette?"

"Ah", rispose Mastelloni, "non è dato sapere, solo Dio lo sa".

Anche lì ci fu una bella risata da parte di tutti.

La riunione durò per più di 4 ore e una volta congedati tutti, Mastelloni si precipitò a prendere la sua Ferrari nuova di zecca, partì con un rombo e in pochi minuti raggiunse casa.

Parcheggiò la macchina nel parcheggio intorno casa e vide con la coda dell'occhio un bambino caduto dalla bicicletta: "Ciao, ti sei fatto male?". Non fece in tempo a dirlo che dai cespugli fuoriuscirono 4 loschi individui incappucciati che lo immobilizzarono.

"Aiuto chi siete?" Disse.

"Seguici, non ti succederà niente", rispose un tizio di questi.

I 5 salirono su una BMW nera e, percorrendo strade buie, arrivarono a un palazzo colorato di nero dalla forma a L. Entrarono da una porta sul retro e poi presero un ascensore che li condusse all'ottavo piano. Da lassù si vedeva tutta Roma: il Colosseo, Piazza di Spagna, i Fori Imperiali, quanta bellezza!

"Salve onorevole Mastelloni", disse l'uomo vestito di nero.

"Ci conosciamo?". Rispose il politico.

"No, però io conosco lei, lei non è l'uomo dai cento conti segreti ad Aruba? E che fa affari con i terroristi?"

"Ma lei come fa a saperlo, ma lei cosa vuole da me?". Mastelloni si sentiva incalzato.

"Io sono per lei il dottor Nessuno. Vede, ho inventato una nuova tecnica chirurgica…."

"Sì ma a me cosa importa?", rispose il politico.

All'improvviso Mastelloni fu colto da un dolore al petto, sudava freddo, chiese di poter andare in bagno. Arrivò allo specchio e vide la camicia insanguinarsi, si aprì la camicia e vide il suo cuore fuori dal petto che gli parlava; piangeva e gli diceva:

"Basta, basta non voglio più stare con te, tratti male le persone, sei un bastardo te ne rendi conto?"

Mastelloni, tra l'incredulo e il sorpreso, non sapeva se stesse sognando o meno, il cuore dopo aver smesso di piangere tornò dentro, le ferite si rimarginarono e il sangue sparì. L'onorevole tornò a parlare col dottore.

"Oddio, ho parlato col mio cuore!"

"Sì lo so", rispose il medico, "e per questo per lei come per gli altri politici, ho messo a punto una nuova tecnica chirurgica grazie alla quale lei potrà vivere senza cuore. Sì ha capito bene, cosi non avrà più rimorsi, sensi di colpa!"

"Perfetto! Perfetto! Facciamolo, spendo qualsiasi cifra!"

L'operazione durò 9 ore e il politico fu dimesso dopo 3 giorni.

Mastelloni si sentiva in piena forma e si sentiva sempre di più una bellissima merda di uomo. Si concentrò sempre di più su operazioni finanziarie illegali e sull'annientare le ditte per farle chiudere, grazie alla sua attività di strozzino.

Tutto procedeva a gonfie vele. In un pomeriggio caldo, l'onorevole stava camminando e girò in un vicolo che diventava stretto:

"Cavolo qui non ci sono mai passato", pensò, e all'improvviso si trovò il suo cuore davanti.

Lui gli chiese: "Che vuoi?".

Il cuore iniziò a piangere, piangere come un bambino. L'onorevole alla vista di quelle lacrime ebbe un malore e morì lì davanti al suo cuore, al cuore che non aveva mai usato e che adesso lo guardava in silenzio, accarezzandogli la fronte, con uno sguardo pieno di compassione.

Anna e il ruscello

Anna era originaria di Frosinone, aveva il tipico accento ciociaro vecchio stile e con la sua parlata antica faceva sorridere anche i forestieri.

La sua passione era lavare, lavare lungo il fiume nel lavatoio antico del paese. Un posto dove ormai non andava più nessuno; tutti nel 2022 hanno in casa lavatrice e asciugatrice ma niente, lei era rimasta come intrappolata nel passato.

Per Anna era un piacere lavare e le vicine di casa, che si erano accorte di questa passione, le cedevano volentieri il loro carico di bucato.

Da giovane aveva lavorato in un ufficio come segretaria ma una forte depressione l'aveva resa inabile all'impiego. Poi, come se non bastasse, era arrivato questo disturbo e i genitori l'avevano portata dai migliori clinici, ma tutti avevano sentenziato la stessa cosa: Anna era affetta da lavatomia, una patologia rara per la quale il malato sta bene solo lavando. I genitori le comprarono lavatrice e asciugatrice ma Anna non era contenta, perché sosteneva che non faceva alcuna azione davanti a quei comandi elettronici e asettici. Una domenica d'estate, mentre percorreva una stradina assolata con la sua Graziella bianca, intravide un vecchio lavatoio ricoperto di erbacce. Rimase a bocca aperta, scese dalla bicicletta e lo ripulì tutto intorno facendolo ritornare agli splendori dei tempi che fu. Questo sarebbe stato il suo nuovo regno, il regno del bucato.

La situazione sentimentale di Anna non era delle migliori, i genitori invano avevano cercato di sistemarla ma era un pò bruttina per tutti e lei se ne era fatta una ragione.

Anche quel giovedì il sapone di Marsiglia scivolava sul capo da lavare dalle mani di Anna, che alternava lo sguardo un pò sul vestito da risciacquare e un po' sul fiume, quando scorse un oggetto scuro che si avvicinava. La ragazza si fermò e guardò meglio l'oggetto, che arrivò alla cascatella, fece il giro per due o tre sassi e si presentò davanti a lei….

"Una testa!" Esclamò.

Sì, era la testa di un uomo di cui si vedeva la capigliatura mentre la faccia era capovolta nell'acqua.

Anna si portò la mano alla bocca e fu presa da una sensazione di sgomento; era combattuta tra il prenderla o lasciarla scorrere via, un po' come le occasioni della vita. Poi fece un sospiro, si fece forza e afferrò la testa per i capelli e la girò. Baam! Guardò la faccia: era di un uomo bellissimo e gli sembrava che gli sorridesse. Rimase ferma in silenzio e con uno sguardo tra il materno e innamorato la nascose in un sacco nero accanto al lavatoio. La sera tornò a casa e fantasticò su chi potesse essere il proprietario di quella testa, e provò forti emozioni. Chi era quell'uomo così affascinante e bello? Le ricordava un attore di quelle serie di successo che si vedono in televisione. Un uomo che col suo sguardo magnetico la guardava e la faceva sentire desiderata.

Nei giorni seguenti, a casa l'avevano vista piacevolmente trasformata e persino sua madre Rosa le aveva chiesto se avesse conosciuto qualcuno. E lei orgogliosa, dopo tanti anni da sola, aveva risposto di sì. La mamma, commossa, non era riuscita a trattenere le lacrime e tutte e due si erano lasciate andare a un pianto liberatorio.

Così ogni mattina Anna, prima di andare al lavatoio, si truccava e poi, una volta arrivata, apriva il telo e guardava la testa e le sorrideva contenta. Il suo umore era migliorato e durante i fine settimana metteva il vestito buono. Mamma Rosa, sempre più ansiosa, le chiedeva:

"Quando ce lo fai conoscere?"

Ma Anna rimaneva evasiva e diceva a casa che era presto e che per ora era contenta così…

Passarono le settimane e un mercoledì mattina, mentre era a lavare, udì il rumore e lo sbraitare dei cani e capì subito. "Oddio lo stanno cercando!" Pensò. "Una testa, la mia testa!" Presa dal panico, la ragazza gettò il sacco nero nel fiume, arrivarono i poliziotti e la moglie dell'uomo, una donna bellissima, e le fecero tante domande come se fosse un interrogatorio.

Anna disse che era solo una lavandaia e che le teste decapitate le aveva viste solo nei film thriller. La moglie iniziò a piangere e le lacrime caddero su vestiti di Anna, poi se ne andò insieme ai poliziotti. Anna apparve sollevata, ma poi si ricordò di aver lanciato la testa nel fiume e allora presa dall'ansia si tuffò come a cercare la sua ultima occasione, ma Anna non sapeva nuotare e sparì nel ruscello come la testa che aveva amato.

Da allora si narra della leggenda di Anna. Il lavatoio si è ripopolato e porta il suo nome, e le lavandaie mentre fanno il bucato hanno la sensazione di sentirla ancora lavare felice e contenta.

L'intervista invertita

Il senatore Palloni era entrato in politica perché sostanzialmente non sapeva fare nulla; non aveva infatti mai lavorato.

Era anche un po' disordinato: di recente era stato messo alla berlina perché durante un'audizione al senato, trasmessa dal primo canale televisivo, era stato inquadrato mentre seduto bello e beato si mangiava con gusto un bel panino al salame. E si era pure macchiato: una bella e sana patacca faceva bella vista sulla sua lussuosa camicia Marinella.

La foto della patacca sulla camicia faceva bella mostra su tutti i giornali e su tutti i social. Per tutti era diventato "mister salame". Da giovane si era diplomato al liceo bocciando tre volte, la madre disperata lo aveva obbligato alla vita politica.

Era entrato in un partito di sinistra e si era fatto poi eleggere al senato. Siccome era goffo rifuggiva tutte le interviste, ma adesso c'erano le elezioni e per essere rieletto doveva per forza promuoversi in televisione. Si presentava con una lista chiamata "Unione dei Popolari per l'Italia che verrà".

Si era iscritto on-line e non conosceva nessuno del partito, un algoritmo aveva deciso per lui il collegio dove presentarsi. Palloni si presentò presso l'emittente CWS in orario,

Passò alla sala trucco dove lo rimisero un po' in sesto. L'alito spaventoso tipo camionista ubriaco (i camionisti non me ne vogliano) che fuoriusciva dal suo cavo orale era qualcosa di indescrivibile: gli dettero così una potente mentina purificante che riuscì nel suo intento.

Mancavano 5 minuti alla diretta e la presentatrice mosse la sua gonna corta e si vide un gran bel vedere. Palloni con la coda dell'occhio notò la scena e tirò fuori la lingua come un voyeur, in maniera volgare. La presentatrice, arrabbiata per il comportamento di tale cretino, si alzo e andò via. Il regista era nel panico più assoluto, ma ormai era passata anche la pubblicità e il programma stava per iniziare.

Il regista urlò a Palloni che doveva stare calmo, che avrebbero messo dei cartelli a caratteri cubitali che anche un cieco li avrebbe visti. Il politico non era mai stato in televisione e fare una trasmissione da solo lo inquietava; fece per alzarsi dallo sgabello e inciampò, strappandosi i pantaloni e le mutande, si rialzò ma si vedeva tutto, meno un minuto, l'assistente di scena si buttò ai suoi piedi e gli legò una maglia alla vita. Mancavano 30 secondi, decisero quindi di fare un'inquadratura alta: "Via in onda!". Palloni, rosso in viso, salutò con la mano i telespettatori e poi rimase in silenzio.

Il regista col braccio lo intimava di parlare: "Dici qualcosa, cazzo!"
Il politico era davvero in palle, poi vide il cartello del suo programma e iniziò a leggerlo.

La trasmissione era partita e il regista tirò un sospiro di sollievo. Però l'aiuto regista nel buttarsi per terra era svenuto, quindi nessuno cambiava la pagina: Palloni era rimasto bloccato all'ultima e continuava a ripetere all'infinito "e quindi, e quindi, e quindi….". Così la donna delle pulizie arrivò in soccorso e cambiò lei il cartello, ma poi scivolò e si slogò la caviglia e si ruppe perfino la dentiera. Allora chiamarono il portiere dello stabile, ma era cinese e il regista per dirgli "cambia" era dovuto andare su Google a trovare la traduzione della parola. Che casino! Il monologo continuava e il portiere aveva capito come si faceva, d'altronde i cinesi sono maghi nell'imitare... Insomma Palloni era ancora lì, ma il cinese non capiva la differenza tra sinistra e destra e al cartellone successivo sbagliò e mise il programma dell'opposizione. Palloni incurante continuò con la sua parlantina a snocciolare parole; in regia rimasero allibiti e le reazioni furono pazzesche. Gente dell'opposizione che telefonava per complimentarsi insieme a colleghi di partito furiosi che volevano la testa del povero Palloni, che terminata l'intervista trovò quelli dell'opposizione che lo volevano portare in trionfo insieme a quelli del suo partito che invece lo volevano menare di santa ragione. Solo l'intervento dei carabinieri scongiurò il peggio.

Ma ormai Palloni era diventato una star e, per il coraggio delle sue azioni, l'algoritmo lo elesse Presidente della Repubblica e come primo atto fece disporre una legge per senatori e deputati. Da oggi era legale mangiare panini al salame durante le audizioni. La buona cucina aveva incontrato la politica mangereccia di sempre.

Lino e le strisce

Talvolta una persona è innamorata dei colori: rosso, giallo, verde, blu. Questa storia parlerà solo di un colore, il bianco. Bianco? Bello direte voi!

Se guardate alla finestra con un binocolo, lo vedete? Un ra-ragazzo, sì c'è un ragazzo speciale di nome Lino; è autistico e passa tutte le mattine a osservare la strada dalla finestra, e più la osserva più gli piace, gli piace tutto: luci, uccelli e fauna di varia natura. Una mattina Lino vide comparire strani ometti con una macchinetta blu, la macchinetta traccialinee Striper 1, la più usata. L'erogatore iniziò a spruzzare la vernice bianca sull'asfalto. Gli uomini in questione non erano altro che gli stra-dini incaricati dal comune di rifare la segnaletica. A dirigere i lavori c'era Alfonso, il caposquadra. A Lino, che non li aveva mai visti, sembravano dei marziani scesi sulla terra a disegnare delle belle strisce bianche.

Una volta terminati i lavori fu sera, e gli uomini se ne anda-rono. Lino, rimasto solo, iniziò a guardare i segni e a contarli:

"2, 3, 4, ci sono 12 strisce, se le divido diventano 24, così sono sottili come piacciono a me. Le righe, le righe…..", e la sua testa si trasformava in un immenso calcolatore. All'indomani gli operai tornarono sul luogo e trovarono Lino sul tetto che fissava la strada.

"Ragazzo, ragazzo, attento, cadi!" Esclamò Alfonso.

Lino scese dal tetto, Gli operai erano sbiancati in volto e uno fece per prendere il cellulare e chiamare il 112, ma Alfonso gli fermò il braccio.

"Ciao, come ti chiami?" Chiese Alfonso al ragazzo.

"Lino".

"Che bel nome! Senti, è pericoloso, rientra in stanza, fallo per me".

Il ragazzo annuì e rientrò passando dalla finestra.

"Senti", disse Alfonso, "ti piacciono le strisce?"

"Sì, sono bellissime".

"Ma i tuoi genitori ci sono?".

"No, i mie genitori sono via nell'aria".

Alfonso pensò: "Che strana risposta", si avvicinò alla casa, aprì il cancellino e arrivò alla porta, ma rimase sbigottito. Non c'era la maniglia e nemmeno il campanello: "Ma come faccio a entrare?".

"No", disse il ragazzo socchiudendo la finestra, "non importa, non entra nessuno, non voglio, non voglio!"

"Ok, ok", rispose Alfonso.

Il ragazzo con lo sguardo continuò a fissare le righe.

"Sono venute bene?".

"Sì, ma c'è un errore, quella è più sottile di 2 mm".

L'uomo rise e disse al collega di misurare la larghezza col metro da muratore. L'operaio misurò e, cavolo, Lino aveva ragione! Mancavano 2 mm!

Gli uomini finirono il lavoro e Alfonso, preoccupato per quel ragazzo così solo, continuò a passare di lì anche nei giorni successivi.

"Ciao, come stai?"

"A cuore", disse Lino, "me le puoi fare a forma di cuore? E poi anche a cubo".

Guardandolo Alfonso si commosse, e dopo il lavoro entrò in ditta e prese la macchinetta, arrivò e tracciò dei cuori sull'asfalto mentre Lino approvava con la testa e sorrideva. La cosa si ripeté per un intera settimana.

"Ancora ancora!".

"Dai, ora ti ho accontentato, vado a casa, domani per lavoro vado a Roma." Disse Alfonso.

"Roma? E non passerai più?".

"No, ma ti verrò a trovare poi, promesso!" E se ne andò.

All'indomani una telefonata svegliò Alfonso. Era il sindaco incavolato.

"Sono passato da via Costantini e non avete ancora rifatto le strisce! E' uno scandalo, adesso cambio ditta di manutenzione strade!"

"Ma sindaco, che dice! Sono fatte da una settimana!"

"Provi a passarci e non mi prenda per i fondelli!" E riattaccò il cellulare.

Alfonso ripassò di lì e in effetti le strisce non c'erano più. Ma com'era possibile? Allora vide la casa del ragazzo completamente chiusa.

"Scusi ma Lino dov'è?" Chiese Alfonso a un vicino.

"Lino chi?", rispose il vicino di casa. "La casa è disabitata da 15 anni, so solo che era abitata da una coppia con un figlio autistico….I genitori morirono in un incidente stradale attraversando sulle strisce e l'unica cosa che loro figlio ricordava era il cartello stradale con scritto STOP".

Alfonso, sempre più confuso, guardò in strada e sulle strisce pedonali comparve la scritta GUARDA IN SU. L'uomo alzò gli occhi e vide un bell'arcobaleno splendere nel cielo: guardandolo da lassù Lino glielo avrebbe sicuramente fatto disegnare.

Il cantante perso

Erik Mustarini era il rapper italiano più affermato del momento; negli ultimi anni aveva accumulato una fortuna e i suoi dischi erano venduti in tutto il mondo. Si vantava con gli amici di guadagnare 1 milione di euro al mese in royalties, oltre ai concerti, e che poteva controllare tutto questo andamento con una sola app chiamata Music Look, messa a disposizione dalla sua casa discografica Tobex. Lui si collegava a Los Angeles da ogni parte del mondo, e la app era sempre attiva e lo aggiornava in tempo reale.

L'aereo partì all'alba e dopo un volo intercontinentale il nostro rapper arrivò in Cile, ospite del festival di Viña del Mar, manifestazione ormai storica e che ogni anno invita artisti affermati in ambito musicale. Il concerto era fissato la sera per le ore 22. Erik fece il check, le varie prove audio e foniche, poi si addormentò nel camioncino della produzione. Alla sera 30.000 persone accalcate e festanti lo reclamavano sul palco, e il cantante iniziò con la sua hit più famosa, dal titolo "La rugosita".

La folla andò in visibilio ed Erik, muovendosi sul palco, sfoderò il suo fascino alla Ricky Martin; anzi, tra l'altro avrebbe potuto essere il suo sosia, perché la somiglianza era davvero forte. Il concerto terminò all'una di notte e il rapper, insieme ai tre ragazzi della band, era veramente esausto. Stavano facendo ritorno in hotel quando, durante il tragitto, il famoso cantante si collegò all'app, che quella sera però sembrava non funzionare.
"Che strano…", pensò, lisciandosi i capelli.

Provò a ricollegarsi e invece dei soliti dati di vendita comparve una scritta che sembrava essere un indirizzo: via Pablo Hernandez n. 29. Erik chiese informazioni all'autista.

"Sì, la conosco, è nella zona industriale", rispose.

Erik ricevette un messaggio dall'app. "Ho visto che sei vicino, se passi a trovarci una grande sorpresa ti aspetta".

Il rapper, sempre più incuriosito, chiese all'autista di portarlo lì solo 10 minuti. La zona industriale di Las Palmas era davanti a loro, e parcheggiarono vicino all'insegna della Ornek. La Ornek era un'azienda senza personale completamente automatizzata: esistevano solo il titolare e un algoritmo che si occupava di tutto. I quattro ragazzi suonarono il portone e si aprì da solo. Un nastro trasportatore li attendeva, come quelli del centro commerciale. Il nastro partì e li portò al secondo piano.

"Ma possiamo parlare con qualcuno?" Chiese Erik.

"Sì, dimmi!" Rispose una voce metallica. era l'algoritmo.

"Ma perché questa fottuta app non risponde, non funziona?"

"Perché è stata bloccata".

"Come bloccata, da chi? Da te stupido algoritmo?".

"Sì l'ho fatto a te, e come a te ad altri migliaia di pseudomusicisti in tutto il mondo che come te pensano di fare musica, mentre io che ho ascoltato milioni di brani ho nostalgia del passato.

"Ma cosa dici, sei solo uno stupido algoritmo, riattivami l'app!".

"Sì sono stupido, stupido, stupido, stupido!", rispose l'algoritmo.

"Ah ecco, ora si è bloccato anche lui!". Non fece in tempo a dirlo, che il pavimento sotto di loro si aprì e i quattro ragazzi caddero nel vuoto da 100 metri di altezza, schiantandosi su altre migliaia di cantanti chiamati nei giorni precedenti e che giacevano lì sotto.

L'algoritmo era diventato così potente, dopo aver ascoltato milioni di brani dal 1920 in poi, che richiuse il pavimento mandando in sottofondo una sinfonia di violini di un autore non ben identificato.

La dieta

Angela era ossessionata dal suo peso: e niente, aveva provato di tutto, ma si sentiva al palo. E dentro di sé udiva le risate ironiche dei familiari che si univano agli sfottò delle colleghe di lavoro.

Visibilmente ingrassata, decise che era arrivato il momento di fare qualcosa. Si vestì e mise il suo miglior trucco, prese la sua Panda color rosa e andò al centro commerciale per acquistare una bilancia. Una bilancia, sissignore, una bilancia non l'aveva mai avuta! Lì esistevano bilance di ogni tipo, addirittura bilance che misuravano massa grassa e massa magra.

Angela decise di acquistare la più costosa: era bellissima, color oro, completamente elettronica. Era il modello più tecnologico che esisteva, era dotata anche di comandi vocali. Felice e soddisfatta, la ragazza iniziò a usarla e iniziò a pesarsi, ma sia l'andare in palestra che le varie privazioni alimentari a cui si sottopose non sortirono alcun effetto. Un giorno mentre si stava pesando sentì un "ciao".

Angela si girò a destra e a sinistra ma non vide nessuno.

"Ciao, sono la tua bilancia!"

"Oddio tu parli?".

"Solo a chi ne ha bisogno".

"Sai perché non dimagrisci? Perché non ti vuoi bene! E perché non ti vogliono bene persino le tue colleghe al lavoro."

"Ma cosa c'entrano loro?".

"Licenziati, è quello che devi fare; lascia, lascia!"

L'indomani Angela si licenziò. Ma dopo molte settimane non era ancora dimagrita. La bilancia le parlò anche quella sera e le disse che doveva abbandonare anche la famiglia. Sì, era anche colpa loro e niente, non doveva avere più rapporti con i familiari. Lei, come ipnotizzata, obbedì, ma il suo peso anziché diminuire aumentava.

La bilancia continuava:

"Guardati adesso come sei ridotta! Ti devi chiudere in casa, sei talmente orrenda che spaventi la gente!"

Angela iniziò a urlare e a mettersi le mani nei capelli, chiuse tutte le porte e si mise a letto e non si rialzò più. Se passate qualche volta da lì, si continuano ancora a sentire le sue urla e un aroma di dolci e pane appena sfornati.

Ahmed e la palla sgonfia

La mattina aveva l'oro in bocca e sul manto erboso la brina la faceva da padrona. La squadra della Maltese aveva gli allenamenti verso le 11.00 e i ragazzi arrivarono in campo per il riscaldamento 10 minuti prima.

Gli spalti del piccolo stadio di provincia erano vuoti e ad assistere c'era un'unica persona, un ragazzo. Avrà avuto 21 anni, piccolo con un berretto marrone e vestito con una tuta da ginnastica nera. Sembrava magrebino, boh! Tutte le mattine si metteva al solito posto e guardava gli allenamenti.

Il capitano Ghibosi (era lui la star, 40 reti nell'ultimo campionato, la punta di diamante della Maltese) aveva militato qualche anno in serie A, ma adesso si era accontentato della serie minore perché era più vicino a casa e sua moglie non ne poteva più della nebbia del nord.

Gli allenamenti finalmente partirono e, sul finale della partitella di allenamento, il pallone finì sugli spalti dove c'era solo il ragazzo vestito di nero.

Ghibosi si voltò per prendere un altro pallone, ma tutti risultavano sgonfi o bucati. Il magazziniere attaccò il compressore per gonfiarli, ma i palloni non si gonfiavano. Ma cosa stava succedendo? Ghibosi chiese quindi a quel ragazzo sconosciuto: "Ehi tu, ci rimandi il pallone?"

Il ragazzo si mise i suoi occhiali da sole scuri e rimase in silenzio.

"Ehi, ma sei sordo? Il pallone!" e indicò con la mano l'esatta direzione.

"Come ti chiami?"

"Ahmed". A quel punto il ragazzo si alzò e prese il pallone ma non lo rilanciò.

"Allora?", "noi non abbiamo tempo da perdere!"

Il ragazzo iniziò a ridere, a ridere in maniera fragorosa e potente e in un attimo iniziò a replicarsi, uno, dieci, cento, mille Ahmed! Ci fu un fuggi fuggi generale, i giocatori terrorizzati scapparono in ogni direzione, c'era perfino chi si piegava sulle ginocchia in campo e piangeva.

"Presto! Presto! Tutti nello spogliatoio!". La squadra sotto shock rimase più di un'ora chiusa in attesa dell'arrivo delle forze dell'ordine. I giocatori e lo staff erano profondamente scossi. Chi era quell'individuo? E cosa voleva? Era forse il diavolo? La Maltese passò più di un mese scortata in ogni dove, partite disputate comprese. La squadra comunque progrediva in classifica, gli sponsor erano entusiasti, avevano persino rinnovato il contratto anche per la prossima stagione.

Domenica c'era una sfida diretta con la primatista del girone, il Trusabai.

La squadra si preparò in maniera certosina. L'incontro iniziava alle 16.00; le squadre dovevano entrare in campo ma la squadra del Trusabai non entrò.

Il pubblico spazientito iniziò a fischiare. Dopo poco i giocatori uscirono dagli spogliatoi incappucciati di nero. Il pubblico si silenziò all'improvviso, non si era mai visto entrare in campo una squadra incappucciata , ma poi perché?

Le formazioni si diressero al centro del campo, salutarono il pubblico e si disposero in attesa del fischio d'inizio; l'arbitro lanciò la monetina, si spazientì e invitò nuovamente i giocatori a levarsi il cappuccio.

Improvvisamente i giocatori scoprirono le loro teste. Il pubblico sbiancò avevano la faccia di un lupo dentro al corpo di un uomo! Cominciarono poi ad attaccare fisicamente i giocatori della Maltese per mangiarli. In tribuna la gente scappava presa dal panico come quando c'è un attacco terroristico in corso o un agguato; alcuni dei giocatori furono mangiati, altri riuscirono ad arrivare all'entrata dello spogliatoio, ma la serratura della porta era bloccata, l'unico vigile che assisteva alla partita, dal peso di 120 kg, ebbe un malore e svenne. Fu così che gli uomini lupo accerchiarono i giocatori e lo staff, che messi al muro tremavano come foglie al vento.

"Oh! Sveglia! Sveglia!". La voce del magazziniere fuori stanza si udiva alla grande, la testa di Ghibosi rotolò fuori dal letto: "Cazzo ma che sogno ho fatto?".

Si stropicciò gli occhi, andò in bagno e si fece una bella doccia calda. La partita domenicale vera iniziò alle 14.00 con la primatista: le squadre si affrontarono e ben presto la Maltese andò sull'1-0. All'azione successiva l'attaccante, su un contrasto, si fece male. Arrivò prontamente un massaggiatore che applicò uno spray.

"Ma qui cos'hai, un tatuaggio?"

Ghibosi si girò e disse: "Quale tatuaggio? Io non ne ho!" E vide invece sulla gamba un simbolo a forma di diavolo con sotto scritto Ahmed. A quel punto si voltò d'istinto verso la tribuna. Nella folla un ragazzo con gli occhiali da sole neri sorrideva in maniera diabolica.

Il biciclettaio e il bambino

I raggi della ruota si muovevano lentamente e una mano vecchia e rugosa accompagnava il movimento rotatorio. Antero fermò la bici sospesa nella sua officina, si alzò e strinse i dadi, rimise il parafanghi e col cacciavite fissò le viti. Vai! Un altro pezzo restaurato ! Un'altra bici pronta per solcare le strade e montagne del mondo.

Antero era un uomo semplice, di professione faceva il biciclettaio da più di 50 anni e, nonostante tutti i problemi che aveva avuto, non voleva proprio andare in pensione. Negli anni aveva invano cercato un giovane che volesse continuare la sua professione ma, come diceva lui, nessuno voleva più sporcarsi le mani. Era Natale e fuori faceva un freddo cane. Toc toc! Sentì bussare.

"Chi é?"

"Buonasera, scusi l'ora tarda", disse un bambino tutto incappucciato.

"Dimmi".

"Mi si è bucata una ruota, poi ripararmela? Devo tornare a casa."

"Aspetta che mi vesto e vengo fuori". Antero si vestì e appena mise il muso fuori dall'officina, fece per girarsi a destra e sinistra ma della bicicletta nessuna traccia.

"Ragazzo, non vedo nulla! Dov'è la bicicletta?"

"E' lì!" Indicò il bambino con la mano. Antero guardò, non c'era niente. Poi capì…..Il bambino era cieco. Lo guardò commosso e disse:

"Ah sì, eccola, te la riparo subito!" Così si piegò verso la bicicletta immaginaria e fece mimando il gesto di riparare la gomma che non c'era.

Il bambino chiese: "Quanto le do?"

"Niente, niente", e l'uomo ritornò dentro al caldo della sua officina.

Passarono i mesi e arrivò la primavera, giornate belle e assolate, e l'officina si riempì di clienti che andavano lì per risistemare i loro mezzi di trasporto.

"Buongiorno signore", Antero stava parlando con dei clienti e rivide lo stesso bambino che lo chiamava insistentemente aiutandosi con la mano.

Il biciclettaio lo riconobbe e congedò momentaneamente i clienti:

"Scusate! Dimmi! ti riconosco, che cos'è successo?"

 "Mi è saltata la catena!".

"Hai ancora la stessa bici?".

"Sì!". E così l'uomo uscì a ripararla, ma ci mise un po' di più perché la catena, si sa, è più difficoltosa. Il bambino voleva pagare, ma il vecchio si rifiutò e ogni settimana il bambino tornava a far riparare la bicicletta; si era ormai instaurata un amicizia tra i due.

Un giorno Antero gli chiese:

"Dimmi un po', dove vai con quella bicicletta?"

"Ah, la mattina vado al Polo Nord a vedere i ghiacciai, e il pomeriggio vado fino al Polo Sud dove mi metto a guardare i pinguini, e faccio tutto questo mentre voi adulti lavorate tutto il giorno chiusi nei vostri mondi. Non pensi sia fantastico?"

Antero lo guardò e disse:

"Sai, hai ragione, io sono ormai vecchietto, ma tu fai bene, bravo, viaggia per noi, guarda ogni angolo del mondo per noi, che forse non abbiamo mai sognato di farlo!" Prese il bambino e lo abbracciò.

Passò il tempo e arrivò l'estate, e poi l'autunno. Le foglie delle viti cambiavano colore. Il bambino si ripresentò all'officina di Antero, ma al suo posto trovò un supermercato con un enorme parcheggio. Al bambino tornò la vista, e vedendo tutto questo inciampò e cadde dalla bici. Si era aperta un ferita nell'anima, così decise che da quel giorno avrebbe smesso di viaggiare. Da allora il suo sangue si allargò nel parcheggio del moderno esistere, e la sua ferita non sarebbe risarcita mai più.

Se il libro ti è piaciuto, lascia la tua recensione su Amazon o sulla pagina Facebook "Racconti Imperfetti"

Youcanprint
Finito di stampare nel mese di Ottobre 2022

9 791221 433449